JN325207

まひる野叢書第三二一篇

こころの抽斗

川住素子歌集

現代短歌社

目次

Ⅰ　こころの抽斗

葛藤　九
母　一八

Ⅱ　平和への祈り

平和への祈り　二七
震災（津波・原発）　三七
伝言　五〇
卒寿の個展　五三
戦後　五九
若い人　六四
病む子と共に　六九

高等部　七四
ひまわり号　七八
愛猫　姫太　八〇
交通事故　八三

Ⅲ　懐かしむ

懐かしむ　九一
庄内　九五
かみのやま　九八

Ⅳ　高原

清里山荘　一〇三
花　一〇四

高原　一〇六

Ⅴ　異国

異国　一一五

跋　橋本喜典　一六七

あとがき　一七九

こころの抽斗

Ⅰ　こころの抽斗

葛藤

いささかの心の迷い託さんか白き紙　枝に結ばれ並ぶ

気にすれば気になる思いあまたありて眠れぬ夜のこのもどかしさ

わが悩み消されてゆくか満月のこの月明かり希望とせんか

雑草のはびこる庭に哀しみを一つ捨てんとわれは摘みゆく

青一面の冬空に重きこの心差し出して大きな呼吸をしたい

心に絶えざる苦あり声高に笑える今を愛《かな》しくおもう

常にもつ重き疲れを裡に秘め枯葉の道を踏みしめてゆく

ささやかな心の潤いもとめつつ籠に選びし花束幾つ

忘却という心の襞に哀しみは畳みてしまわん取り出すまでを

幸せは砂城のごとく崩れゆくか神は在《いま》すかこのわが心に

走り来る波の調べにわが葛藤載せて返さんあの沖合いに

受話器より消化しきれぬ言葉あり反芻しつつ穏やかに置く

よく見てもこれより歩むに二十年余りいかに試さんかわれの証を

短歌

あるときは絵画を描く心もちて言葉一つを組み立ててゆく

なかなかに心伝えんは難しくその情景を幾たびも刻む

わが在り処《ど》確かめんとて歌を詠むこのひと時の幸いなるか

夫

人生の哲学説くかに次の代に代表の席譲りたる夫

多忙なる日々を記しし手帳読む夫の姿哀しく思へり

明日の日の金さえ僅かなりし日々若さを財産と未来を信じき

アングルの定まりてうれし一筆が白き画面を巧みに走る

いまもある旧日本建築を残さんと夫の筆は描き継ぐなり

そのたびに理由をつけてプレーする老いの薬か夫のゴルフ

緊張の張り詰めゆくは浮きの先の赤き一点水面の動き

信州に育ちし夫は鯉料理貴きものと深く味わう

一日の終わりと思い手に温き茶碗包みて夫と語れり

許し許されて生き来し今を大切にビールはうまし二人の夜を

母

夫・川住の母

割烹着とたすきをかけて砂川闘争から帰りくる人はわが母ならん

過ぎ来つる八十八年をふりかえり政治を語る怒りて母は

デイホームバスから降りるその顔に楽しき一日伝わりてくる

老いたりと手編みの毛糸幾たびもほどいてはいる卒寿の母は

思い出の断片つなぎて母は語る解らぬことも頷きてきく

若き日の重き労働も思い出と今の幸せを母は伝える

こともなくこのまま命終わりたしこれが幸せと母の口癖

だれかれも天国願えば天国も過密ならんと問いたりし母は

母の髪整え切ればよろこびて右を左を鏡に映す

解ったとその瞬間に頷きて笑える顔は童女に還る

私・木村の母

むかしのことさらにむかしを鮮やかに楽しく母は我に伝うる

最期まで歌誌は傍らに積まれたりき歌は守護神母の命なり

喜怒哀楽の激しかりにしわが母も日毎日ごとに円満となる

日一日幼子に還り思い出のなかに彷徨い給える母よ

柔らかき母の掌をわが掌に重ね愛しき時が刻まれてゆく

又来るよと告ぐれば母は頷きて唯に淋しと眼差しは言う

散り急ぐ落ち葉となりゆく御身をば温かきタオルでわれは包みぬ

苦しみの少なくあれよと主に祈りあと幾日かと薄き髪すく

母よりの形見ならんかと受け継ぎてこの短歌形試みつづくる

Ⅱ　平和への祈り

「集団的自衛権」を「集団的平和権」に転換を！

憲法九条を輝かそう！

日本国憲法第9条

日本国民は、正義と秩序を基調とする
国際平和を誠実に希求し
　国権の発動たる戦争と
武力による威嚇　又は武力の行使は
国際紛争を解決する手段としては、
永久にこれを放棄する

前項の目的を達するため
陸海空軍　その他の戦力は
　これを保持しない
国の交戦権は、これを認めない

現代史に汚点を残す中国に民主主義正しく育てよと祈りしわれ

いつの日か祖国の英雄になれかしと画面に叫ぶこの若者に

人間の尊厳踏みつける中国政府への怒りは続く天安門広場

憲法九条

一筆を見知らぬ人に求めつつ平和願いて駅頭にたつ

日本の未来憂いて一枚の署名集めんと駅頭にたつ

あるときは励まされうれしくあるときは老人の戯言《たわごと》と罵られもする

個人保護やたらに拡がる今の世は署名活動狭まりゆく

豊かさは何よりまして不戦なる道を記せる憲法にあり

語らねばわれの戦争終わらぬと署名簿持ちて人前に立つ（箕輪喜作氏）

愚かなる人の業なる戦いを起こしてはならず理由はさておき

何ゆえか良くも悪しくも変わり果てて摑むに苦労する若者のこころ

あやしくも戦場の道踏む音の聞こえんばかりなる国会答弁

憲法九条をお供えの飾りのごとく舐めるなかれ愚かなる政治

様々な形を成して憲法守る運動広がる皐月の日比谷公園

誰よりも知らねばならぬ日本人平和がありていまあることを

守るべき義務の放棄か憲法をたやすく変えんとする公務員

日本政治の右翼化に驚くアメリカなり今朝のニュースに吐息つくわれ

平和を願いつつも足早に危うきの中に落ち行く日本か

アメリカの奴隷となりて今もなお安保条約重しその罪重し

支那事変の古き映像にもしやもしやと亡き父の姿重ねてみる

恒久の平和願いしこの「条」に生かされて来しなり空気のごとくに

おのずから齢明かして戦争を知らぬ人らへ伝えゆくなり

何ゆえにわれの先立つ九条の会生きる尊さは吾子より学ぶ

鎮魂の思いは深く父母《ちちはは》に平和憲法守らんと告ぐ

なによりも平和が買えればそれがよいアフガン人の言葉は重き

自衛隊員そっと寄り来て九条の署名に名をば記す駅前

震災（津波・原発）

写真提供　渡辺幸子
撮影日　　2013年７月23日　撮影場所　福島県浪江町 請戸地区

全身に伝わりくるこの揺れを耐えつつ忍ぶ恐ろしき今

無力無力なべては無力自然の猛威に震え上がりて今のわれ在る

何もかも奪いし津波の去りしあと悲しみだけが地を這いてゆく

人間の測りえぬ傲慢自然の力に唯にひれ伏す東北大地震

ダンボールで囲う空間に肩寄せあい耐え抜きている生活映さる

又しても国への信頼揺るがする原発事故は永久の罪

目には見えぬ放射能まじるか五月雨《さつきあめ》よろこぶはずの農作物は

報道は一方的に知らされて安全という言葉　それでよいのか

平年と同じく福島の桃もしや放射能の犠牲となるか

その命捧ぐる覚悟でホースを繋ぐ消防団員の姿を見つむる

原発の恩恵による発展も危なく崩れさまよう村人

哀しみを幾重かさぬる人々かいのちのためと故郷を捨てつ

この画面は確かなるものかと疑いつつも突きつけらるる真実

予約せし「山海館」はもろくも崩れ手元に残る案内書美し

松原に残されている唯一本の松の木生きる力を見する

悲しみのただ中の桜大自然の強さとはかなき人の世見せて

放射能の難しき数字が会話の中で使われながら今日も終わりぬ

眼裏に永久に残らん悲しみは原発反対の言葉となりて

厚顔にも原発は安全と外つ国に売り歩く男恥じらいもなく

めぐりくる震災より三年目悲しみふかく灯籠の点る野中

テロ

瞬時に平和なる時の崩れゆくを眼疑いて疑いて見る

事ひとつ伝わる画面見つめつつ悲しみ深くただ息を吸う

聖戦の正しき意味を知らされず銃持つ少年の鋭き眼

貧しさは富める者らを恨みつつ洗脳させらる一つ思想に

タリバンの心正せよと厳しき現実を茶の間で見る

難民が明日を生きんと紡ぐ糸わずかなる銭に命を託して

イラク戦争

国連に離反をしたるアメリカのおごりの中に平和はあるか

唯単に自己満足かこの戦さ文明社会に恥ずべきものなり

戦いの理由も知らずに幼子の怯ゆる眼が残像となる

今を見る

基地の無き沖縄をと思う裏腹に札が物言う狂おしき現実

右翼化に進む政治を案じつつ選びし民の愚かさを知る

政治家のすべてが守るべき憲法を破壊せんとする罪を思えり

多喜二の死を再現するか北朝鮮の処刑を今朝の新聞で知る

了解なく靖国に祭られしキリスト者は神道にあらず深く悲しき

民意を遠く置き去りにし驕りのなかで振舞うか今の政権は

伝言

小林登美枝さん

終の日を知らされたりし病み人もルージュを引きてわれを待ち居つ（ホスピス）

振り向けば砂川闘争知る人少なし確かにありし若き日の一枚

わが心に母とも姉ともまた友として重くいましき今は空洞

永遠の命をつなぐ女性らは反戦の声高く揚げよと

小山荘司さん

命とは神が与えまた連れ去るか無常なるかな友の命も

やり残す仕事山積み途切れたる命哀しからんわれも悲しき

卒寿の個展（元独立展会長・齋藤求画伯）

現世のおのがふるさとを描きおり九十歳の瞳輝く

海鳴りの音が伝わるキャンバスの黒き青が冬を告げおり

この夏は鳥海山を描きたしと翁の言葉強くひびけり

死ぬときは唯一人なりと火葬場の野に人一人描く画伯は
（齋藤求先生は高校時代美術部顧問）

祈り

何をして何を残さんかわが人生深く祈りて神に問うなり

悲しみの区切りとしたしと祈れども応える声の未だ届かず

現世よかくも隔たる言葉もつ聖書のくだり幾たびも読む

洗礼

新たなる神の子として友の顔ういういしくも輝きており

一本のロウソクは友の手に移り希望の証と輝きてらす

強き願い今果さんか友の額に聖水走ればわれも高ぶる

おのがじし祈る願いの異なれど一つにむすばれん神の御許に

ちひろの絵

優しくもわれを包めるちひろの絵デッサン力の確かさを知る

ほのぼのと明るしちひろは筆先に未来の平和を託して描く

無言館

戦争を知らぬ者は目に焼きつけよ無言館の一枚の絵を

召集の時刻々と迫り来て新妻に対かいし筆をおくなり
のしかかる重き空気に言葉なくあってはならぬ戦いへの道
明日は死ぬ命切なく靖国で会おうと少年の契り哀れ悲しく

戦後

十五歳で家長を意識せる兄か僅かなる斜面を耕しし戦後なりき

眼裏に兄の背中が浮かびくるかぼちゃ交配に真剣なりし

ヤミ米をマントの中に隠し持ち少年の兄は運び来たりし

着物売る母のリヤカーに乗せられて日照りの畑中をゆられてゆきし

八の字の髭を蓄え復員せし父に大きく畏れを抱きし

真夜中にとび起きて又眠るいくたびぞ戦争の傷痕にうなされて父は

君が代・国旗

国民の総意であるかに僅か十二日間で国歌と国旗きまりし日本

校長は命令守り継ぐ国旗・君が代なべての教師におしつけて歌えと

久しぶりに卒業式に臨みし君が代と国旗ああ戦前に戻るか

理解する術うすき子らに押し付ける君が代の歌は形のみなる

若き日

若き日に安保反対に加わりて口に残れりシュプレヒコール

高度成長目覚しき頃互いの夢語らいき一杯のコーヒー持ちて

日もすがら議論交わせしコーヒー店利潤社会に姿消しゆく

若者の感情は「歌声」で結ばれて多感なる時代を生き抜きたりし

若い人

少子化は子離れ出来ぬ親生むや大学受験に付き添う姿

成人式ショーのごとしもかくばかり目立ちたがりやの厚化粧

男性が軟化してゆくその姿青山・原宿のファッションに見る

もしもしの声に振り向く街の中携帯電話の会話ばかりなり

平和なる時代に生まれし若者ら一月の浜で戯れ遊ぶ（下田）

日常

確実にわが命より永らえんＬＥＤに換え何か淋しき

黄昏の齢を迎え各々は時を惜しみ生活《たつき》を楽しむひととき

太陽の香り包むバスタオル頰に当てつつ春を喜ぶ

わが意思に逆らうごとき人の波に押され押されて多摩川に着く

ひとときの歓声の中に花火観る刹那に生きる若者に似て

花火より川辺に賑わう商店の派手な明かりは一夜の商い

大空に競う芸術瞬時にて音より先に脳裏に収むる

何事もなかったように花火消ゆる都会の空に星少し見ゆ

人の世を描くに似るか燃え尽きし花火のあとの小暗き空は

病む子と共に

吹かれゆく落ち葉一つに寄りあうは弱き者らの集団に似る

愛という無形なるもの計り難く時には重き心となりゆく

喜びを鮮やかに知らぬ性の子が微笑みかくる眠りのなかに

食べむことも交わることも出来ぬまま生きる証を何に問うべき

一片の味さえ覚ゆることもなく定時に注がる鼻からの食事

シャリシャリと髭そりて後は青年の面輪となりてわれを見上げる

悲しみは逝く時と共に過ぎゆけとはがす暦は祈りにも似る

荒れてゆく心和ますと青葉風わが胸内に深く吸う朝

熱き茶の心を包むこの夕べ平凡なりし時を愛しむ

長瀬又男医師

病む子らの光となりしわが医師は浅き呼吸に命をつなぐ

幾度も臨終の時に立会いし医師も一人の患者となりけり

残像のサンタクロースに重なりて医師はベッドに横たわりいる

口癖に言い給いけり大工も医師も同じ一つの職業なりと

高等部

重き障害もつわが子ゆえ教育を続けんと願う親の心は

合格という文字はじめて母われに贈りて高き熱の続けり

病める子はかくも愛しくわれに似る瞳をもちてわれをみつむる

微かなる成長も師は見逃さず日々眼差しの優しく厳し

ふき出ずる悲しみもちて病める子と冷たき風に向かいて歩む

くちなしを一枝折りて病める子へ梅雨の季節を香りに知らしむ

微かなる香水吹いて吾子を抱く母を知らしむる道具の一つ

流れゆく水に逆らうこともなし病児とともに明けゆく日々は

支えくれしあまたの人に礼をして卒業の今日かなしみ深し

病める子は卒業の意味も知らずして別れても探す師の温もりを

友の子

かそかなる命の戦い臨終の頬に流るるひとすじの光

命とは与えられまた奪わるる無常か天の神に怯ゆる

出棺の今を俄かに晴れてゆく祝福せんか天への旅立ち

ひまわり号

障害者を列車に乗せるこの企画にボランティア今宵も集いぬ

紙漉きの業受け継げるこの谷の人ら優しくわれらを迎う

障害者の人々空気がうましとて胸張りて吸うこの山里に

日本の玄関東京駅にある小さき一つの障害者待合室

強者のみ生き残りゆく東京か福祉の貧しさまざまざとみる

愛猫　姫太

わが家を独り占めして歩む猫尻尾立てたり主人公なり

飼い猫の規則正しい日課ありわれをいざなう休息の時

人間の一人ひとりを観察し猫は見つむる部屋の片隅

わが言葉解する猫は愛しかり朝な夕なに名を呼ぶわれの

擦り寄りてわれを見上ぐるそのしぐさ言葉なきほど愛しさは増す

わが衣《きぬ》に残されし毛をいつくしみ摘まみ上げ宝の一つとはする

交通事故

わが顔を覗き込む人らの表情は怯ゆるごとし惨状を知る

苦しさも悲しさも耐えねばならぬなり生くる原点まさぐりている

目を伏せて罪をわびいる青年は解っているのか命の尊さ

自由を奪われている臥床《ふしど》の緑の風わが顔を撫づ癒えよとごとくに

軽やかに木々を移りて飛ぶ鳥は臥床のわれの願望知るも

再びの命と思えばいとおしく撫でてやりたい私の腕《かいな》

労りの言葉をもちてわが友はうずく心を包みてくるる

大事故を今は話せるゆとりあり人生二回はこのことなりと

わが帰りを待ち侘びし猫擦り寄りて来て鳴く離れてよろこびて鳴く

二人には広き構えのわが家に一単位となりて老後のはじまる

年金

ボーナスを返金すれば僅かなる謝罪となるか哀しきことなり

ささやかな夢満たせよと年金を天引きされしかの時を思う

あの世にて受け取れとも思わる満期の長い国債の知らせあり

行政が株式会社と化するとき福祉の言葉も空洞化する

サッカー

サッカーは祭りのごとく熱帯びて　球のゆくえを息止めて見る

異常とも思えるほどの応援に応える術はシュートに決まる

Ⅲ　懐かしむ

懐かしむ

学生時代

学生が一つになりて参加せし安保闘争の時代懐かし（美大）

いささかのてらいを持ちて裸婦描くその思い出は若き日のしるし（美大）

クラス会

今もなお教え子の眼に白き歯に笑みを湛うる師は在《いま》すなり（平栄一郎先生）

若き師に甘えし姿各々の思い出となりて語りあうかな

このひととき一つになりて語り合うなべてなつかし青空教室を

瞬時にて名を呼ぶことは難しく時の流れの長き空間（青森県黒石市中学校）

各々の生活を負うこの友ら思い出の糸たぐり寄せ合う

ささやかな不安もなべて消されゆく今日の集いによろこぶ友ら

これからはいかに生きんとお互いに杯を重ねるこの春の夜を
今日の日を少し若くルージュ引くときめく心は少し抑えて
声すらも掛けえぬままに過ぎし日を懐かしみつつ杯交わす（山形県立鶴岡南高校）

学び舎の友と集えば懐かしの庄内弁に心ぬくもる

庄内

原風景求めゆくなり庄内へ藤沢周平のふるさと鶴岡

わが青春眺めし桜苔むして再び眺むるは夫と共に堀を歩きて

黄金に輝く海原に言葉なく唯に眺むる由良の落日

はぶたえの衣まとうか小ナスの肌口にはじけるこの一夜漬け

守られて守られて来し五重塔仰ぎ見るなり羽黒の山中

死の底に人を呼びしか生き仏おわせし穴を敬いてみる

かみのやま

かみのやま古窯の宿に各々の幼き思い出語らい尽きず（永藤会）

長き時間埋めゆく高き笑い声幼き笑顔に繋がりてゆく

斎藤茂吉記念館

聴診器を頭に当つる医師の茂吉滑稽なるをジオラマに見る

独特な歌詠む声が再生されて茂吉の歌会が繰り広げらる

歌会はわが家で開かれ哀草果を師と仰ぎたる亡き母想いし

雪被く蔵王連峰を眺めつつ友と味わうふるさとの自然を

Ⅳ　高原

清里山荘（小金井市山の家）

お互いに悲しき歳月乗り越えて今日は笑みつつ高原をゆく

現世に短き命の子供らと高原を旅す唯にうれしき

クーラーに頼りて暮らす病室の子らに届けたし高原の風

花

あでやかに桜も桃も咲き競う山国　甲府は至福の時なり

老木の桜は枝張り地を被い空被うごとく花咲く

田園に七百年の樹齢もつ大糸桜を今年も見上ぐる

見上ぐればそこはかとなき恥じらいに山の桜はしずかに咲けり

山々は薄紅色に包まれて喜び溢るる季《とき》訪れぬ

梅の香も今年限りの圏央道還らぬ自然を惜しみつつ歩む

高原

朝日上がり山の峰々鮮やかに南アルプスわれに迫り来《く》

吹きあぐる風も染まるか新緑にわれは包まるここ清里の

生きていて識ること多きこのひと日春の歓喜を胸にし歩む

何処よりか小鳥の運ぶ小さき芽今年は何かと楽しみて待つ

夏の花宴のごとく咲き盛る野を夢の跡かと雹は消しゆく

訪れし今日の客はと餌台の鳥を確かむアトリエの窓辺

ただひとりの贅沢にいるこのひとときページをめくる音のみを耳は

早朝より老いたる人々集まりて自慢の野菜を売りさばかんとす

老いし人ら嫁がつくりし新野菜を屋台に載せて誇らしげに売りゆく

イノシシにジャガイモ畑が全滅と語り合いいる野辺を過ぎ来ぬ

今日の日を大事に生きんと農耕に励む老女は土に染まりて

生きている楽しさ知ると大き手にジャガイモ盛りて老女は語る

新しき芽を蓄えて散り急ぐ輪廻の思想をみよと樹木は

昨夜《よべ》の空荒れたりしかど静かなる朝となりて光満ちきぬ

「贅沢」とひとこと言いてゆくりなき冬の景色を描きゆく夫

赤々と燃ゆるストーブ囲みつつ語ることなきしじまのひととき

朝まで残れる火種のストーブにわが息を絶え間なく送りつづけぬ

Ⅴ　異国

異国

侵略の傲慢許さる《アメリカ》るや　神在りと祈るフセイン哀しく

葛藤の深きかげもつブッシュの顔と何もしらざる愛犬映る

資本主義も共産主義もどのつまりは理想となるか今の社会に

ニューヨーカーは自由の言葉をはき違えしか汚れ際立つ街角なり

ソーホー地区のビルの朽ち果てし跡に栄えし昔を偲びて佇む

軽々と留学を口に出して言う息子軽々と飛行機に消えてゆく

鮮明な電話の声に離れ住むその距離感を忘るるひととき

さびしさに耐えねばならぬ思いして国際電話に時差を計りぬ

大連

上野駅に似る大連駅にたむろする富を求める地方の若者

その昔憧れし満鉄は今もその名をかえて歴史を語る

来る度に工業団地拡がりてたくましく伸びゆく大連も又

円卓を囲みてはずむ友好に日本の歌が口から出ずる

いささかのてらいもなくて伸びやかに一人子政策の中国の娘

変わりゆく大連の街は三年の空白をわれに如実に見しむ

タクシーが拾えぬほどに高級車列なして街中を次々走る

五つ星の高級ホテルに身を置けばここはどこかとわれは疑う

女医として働き過ぎし過去もてばかの文革は悲しき思い出

日本人の母もつ友は中国語で血は半分と親しみて言う

まざまざと貧富の差をばみせつけし足萎えのひとら銭乞う街角

西安

沿岸の経済は内陸へと進み西安は世界不況の影さえ落とさず

村人があまたのアーチストになり手彫りて刻みぬ傑作なる兵馬俑

唐の玄宗の寵愛受けし楊貴妃の湯浴みの姿を偲び見る湯壺

空海が修行せし寺石畳をわれも踏まんかいまこの一歩

ヘルス・ペンギンの友と

戦いの記憶あらわに留めんか船上よりいまグアム島眺むる

夕映えのグアムの海原眺めつつ不似合いと想うこの軍事基地

戦いの歴史包みて白波の寄せきてはまた浜に消えゆく

世界より軍事基地などなくなれと祈る気持ちに飛行機雲追う

海原は時を刻みて変わりゆく黒きベールに包まるるまで

キューバ

悠然と孔雀歩めりテーブルに木漏れ陽も鋭きここはキューバ

五十年も乗り継がれ来しフォードやムスタング映画のごとく街中を走る

高速の沿道に立ち紙幣かざすヒッチハイクは常なる手段

貧しくても平等の国目指して老いに心配無用と言い切るキューバの政策

革命広場に「勝利の日まで」と掲げおり明日をみつめるゲバラの姿

現世に彗星のごとく現れてゲバラの思想脈々と継がるる

カストロの息づく国で呼吸する世界平和を夕べに祈りて

若者は共感なせり「蟹工船」とゲバラの映画に高まる好奇心

貧しさも平等も歌と踊りと一杯のラム酒の中に消されゆく

「ダイキリ」に口づけすれば冷たき甘さはわれをもてあそびゆくか

ヘミングウェイの像に抱かれわれポーズするラ・フロリディータの夕べ

外国に自ら赴くキューバの医師は篤き心で命と真向かう

インカ帝国

文字持たずインカの民は縄ひもにて技を伝うる石積の技

寸分の違えることなき石積に驚きみるなり技の高さを

野に放つアルパカの群れにアングル合わすればキョトンとするなり

女らはスカート穿きて農作に励む姿のあちらこちらに見ゆ

ようやくにマチュピチュ遺跡に登り詰めて古代の不思議を深く知る今

瞬時にて金奪われぬその技を唯にうましと夫は言うなり

チベット

幾多の高峰そびゆる未踏の地わが夢乗せて天空列車に過ぎゆく

色とりどりの小布に書かれし経文が天に届けと風にはためく

感動の続く景色を収めんと汚き窓よりレンズを向ける

差し伸ぶるわが手に落つるか星屑のきらめく深夜を車中より見る

滅びゆく少数民族を誇示しつつ黒き髪幾重に乙女らは編む

市場経済に未だ慣れぬチベット族の戸惑いをこの街中に見る

細き酸素をリュックに背負いつつ紺碧の空にため息をつく

大地に額をつけて礼なせば瘤は篤き信仰の証となる

民族に悲しき現実包み込むチベットの空果てしなく蒼い

言葉にて解決すべき信念を貫き通すダライラマ十四世

迫害に耐えに耐えチベット民族の決意は堅く高き山越えゆく

ヨハネ・パウロ二世《ポーランド》のうまれし故郷《ふるさと》に畏れて立ちてうれしき事なり

空港で微笑み交わすシスターに心解《ほど》けてうれしき瞬間

共産党本部は証券会社に変わりしとぞ驚きて眺め過ぎゆく

道端に倒れし人に近寄りて祈る神父はカトリックの証なり

二人して十字きる朝のミサは旅の喜び感謝のしるし

銅像は高く大きく仰ぎ見て誇りとなせるポーランドの国民（ヨハネ・バウロ二世）

堂々とロシア建築いまだに建つ街中は歴史を知らしむるなり

ショパン

名曲は苦しみと共に貫かれショパンの生涯は曲に描かる

幼な時の才偲ばるる楽譜あり眼凝らして曲を追いゆく

「さようなら」と心に言いて戦火のがれてフランスに二度と戻れぬなり

死するともわが心臓は祖国にと祭られており聖堂の柱に

春の日にわれは立つなり「アウシュビッツ《アウシュビッツ》」のここ重きゲートに

負の遺産確かに伝えんと日本人ガイドの深き言葉受けとむ

強制労働と恐怖のうちに命取りあげられしは百数万人

命令で医師は命を選別せり左右に分かれゆく罪なき人ら

観光の一コマとなるガス室に苦しみ分けよとわれは今立つ

うず高く積まれし髪の毛ながめつつわが頬の静かにぬれゆくを知る

幼子は足手まといと殺されてレースの下着が飾られている

富裕者と思わるる人の靴の山四万足を上廻るとぞ

御言葉に従順なれかしコルベ神父の深き愛あり十八号館

映画で映されし引き込み線ここにあり悲しみの終着点

インフレのトルコ《トルコ》マネーは零四個消してはじめて値段を知る

幾千年変わらぬ平原に「役」それぞれの少年とロバと犬

文明の後退幾層の土壌に見る四千年前のタイルを手にする

宗教を守り貫く地下都市に生活の匂いさまよいてあり

クレオパトラの泳ぎしという温き湯に古代遺跡の沈みてぞある

悲しみの歴史を綴る遺跡の原を歩む足元に赤きアネモネ

潮騒の音さえもなきエーゲの海やさしさのみが時を刻みぬ

スイス

飛行機より魂も凍てしシベリアの亡き兵たちを拝まんとす

冬景色に思いを馳せて降りゆけば迎える大地は黒々として

ミモザの花咲くラインの岸辺に驚きし春とも疑う十二月二十四日

ライン川に沿いて並べる町並みの確かなる建築は歴史を留むる

教会の鐘輪唱のごとく鳴り渡り心洗わるラインの岸辺

財力のおもむくままにバーゼルはあまたの絵画を守り継ぐなり

ステンドグラス壊されしままの祭壇に宗教革命のむごさを知りぬ

北欧

デザイナーのみな憧るる北欧へ願い叶いたり老いづきし今

この国に再び来る夫は地図広げうすき記憶をたどるペン先

さりげなく置かれし椅子もこだわりの形をもちて常の家具なり

デザインの基礎学ぶかに美しき造形の家具飽かず眺むる

日用品を一つ手にして楽しかり使わぬものにまで眼は移りゆく

国民の信頼あつき国政は世界一なる福祉を思わす

さりげなく行き交う人らの肌にある刺青文化が今も残れり

人生のあらゆる場面が彫刻され「おこりんぼー」の像可愛らしく

裸体こそ美の追求となべて圧巻なり二〇二体の裸婦像並ぶ

稜線に残れる雪と青空が水面に映ゆるハンダゲルフィヨルド

スペイン

原罪を持ちて生まれし人のさが権力の証か荘厳なる建物

車窓よりひまわり畑は果てしなく続き陽気な雰囲気われに与えし

好むとも好まざるともその味に従いて食む異国の文化

画家たちが集まり似顔絵描きしスペイン広場にわれは見比べてたつ

幾年も受け継がれてゆくサグラダファミリア才ある人日本人がノミ握る

コロンブス指さし示すそのかなたアメリカの誕生今に伝うる

ミネラルウォーター片手で旅する四十二度のコルドバの街

窓辺に飾る小さき花々ミハスの路地を華やかに飾りて

コイン投げトレドの水に再度の旅を願いて被写体となる

わが国と交わり深《ポルトガル》きポルトガル訪れて知る未知の事柄

赤き屋根光を受けし白壁にオビドスの村箱庭のごとし

ため息のこぼるるばかりのステンドグラス栄枯収めてわれを射るなり

わが夢を果させし旅の一つなり胸熱かりきファテマの奇跡

一人身になりし女ら黒まといナザレの習慣今もあるなり

陸は尽き海ははじまるロカ岬未知の海へと漕ぎ出し所なり

イタリア

酸性雨にダンテの顔はただれいてわれは悲しく天を仰げり

一片の虹の布はベランダに街ゆく人に平和を呼びかく

一見の客とわかれば鋭くも暴利むさぼる観光地イタリア

シスターは商い慣れてテキパキと土産の品を包みてわれに渡せり

わが心ただただにうれしもご聖体授かりたりしベニスのサン・マルコ寺院

ゆくりなくもゴンドラに揺られゆられて名画の一つにわれもなりゆく

マルタ島

果てしなくつづく雲海にほのぼのと虹の色刷きて朝の始まる

宗教が生活の中に一つになりてマルタの国の歴史を刻む

街中で眼合わせる町の人の優しさ伝わる平和なマルタ

愛しさに思わず向けしカメラにも素直に応えて笑むこどもたち

魂は自在に残るかカタコンベ重き空気がわれを包みぬ

かくまでも神に従うかマルタの街今日静かなる日曜日の朝

マラケシュ《モロッコ》はサハラ沙漠を横断する隊商路として栄え続きし

おとなしく蛇使いに慣らされて巻きつくコブラに緊張高まりてゆく

世界中二十四時間等しくも高原の羊追う少年には時は止まれる

ここに我ありと奢れるごとくコウノトリは羽交わすなり

春告げる薄紅色のアーモンドの花いたるところにわれらを迎うる

朽ちたるも美しさ残し崩れゆく赤きレンガの集落眺むる

沙漠のリレーかと道あらぬ暗き闇を走り続けしわが車

眠い目をまさぐりてメルズーガ砂丘へ四輪駆動の軋みに耐えて

乗客に慣れし駱駝は赤き砂原やすみなく掘りて高処を目指しぬ

砂丘に影のごとく細長き駱駝の脚映えてゆっくりと進みゆく

おおここに「太陽神」のあるがごとくに両手合わせて日の出を拝む

風紋は優しき模様を幾重にも描けり自然の芸術飽かず眺むる

星群れて闇にかがやき今にしてサハラ砂漠に在るを疑う

星はどちらが勝るかとエルフードと清里高原を比べてもみる

サハラ砂漠の化石が示す古生代アンモナイトはずしりと重い

砂による砂漠のバラは自然がつくる芸術品かと飽かず眺むる

ウズベキスタン

コーランの声の響ける明け方に異国の目覚めは心高ぶる

サマルカンドの青の都に粉雪舞いて言葉尽せぬ美しさなり

頭上に巻く白きターバンは戦いの屍を包まんと長き丈もつ

ビニール一枚あれば充分と零下十七度の道端にバザール開かる

眼合えば笑みて返しくるこの国に心ぬくもる黒き眸は

鳥葬をのぞみし民はより高きミナレット求めし後の世に

跋

葛藤は歌の母である

橋本喜典

昭和四十六（一九七一）年七月、某旅行会社が「ヨーロッパ短歌の旅」を企画し、三十余人が参加した。団長は窪田章一郎先生。この参加者のなかに川住素子さんの母上、木村富子さんがいた。木村さんは結城哀草果門の人で、この母に誘われて川住さんも加わり、このときの縁で、やがて「まひる野」に入会した。

昭和六十三年二月、川住さんは第一歌集『流れゆく日々に』（短歌新聞社）を出版した。序文は窪田先生。跋文を障害児教育・障害者運動にたずさわる水野幸雄氏と小児科・精神科の医師である長瀬又男氏が書いている。そして、川住さんの長文の「あとがき」がある。それは、ヨーロッパ短歌の旅から帰った翌年、難産のすえに生れた長男の「障害」にかかわることを内容としている。

実は私はこれまでこの歌集を手にしたことがなかった。このたび、第二歌集を出されるということで、川住さんにたのんでお借りして、右のようなことを初めて知ったのである。昭和六十三年当時の「まひる野」を調べてみたが広告も載っていない。書評などにも全く取りあげられていない。これはどうしたことなのだろう。

しかし今は過ぎ去ったことに眼を向けるときではない。『こころの抽斗』に何らかの発言をしなければならない。

この歌集は制作順に編集されていない。Ⅰこころの抽斗　Ⅱ平和への祈り　Ⅲ懐かしむ　Ⅳ高原　Ⅴ異国　と、ほぼ内容によってグルーピングされている。第一歌集の最も大きなテーマであった障害児に関するうたはⅡのなかの「病む子と共に」「高等部」に収められている。

吹かれゆく落ち葉一つに寄りあうは弱き者らの集団に似る
愛という無形なるもの計り難く時には重き心となりゆく

一片の味さえ覚ゆることもなく定時に注がる鼻からの食事
シャリシャリと髭そりて後は青年の面輪となりてわれを見上げる
合格という文字はじめて母われに贈りて高き熱の続けり
病める子はかくも愛しくわれに似る瞳をもちてわれをみつむる
ふき出ずる悲しみもちて病める子と冷たき風に向かいて歩む
微かなる香水吹いて吾子を抱く母を知らしむる道具の一つ
流れゆく水に逆らうこともなし病児とともに明けゆく日々は

そして障害のあるこどもの帰天を詠んだ「友の子」という小題の三首がつづく。

かそかなる命の戦い臨終の頬に流るるひとすじの光
命とは与えられまた奪わるる無常か天の神に怯ゆる
出棺の今を俄かに晴れてゆく祝福せんか天への旅立ち

初冬の落ち葉が風に吹かれ吹かれて一か所に寄りあう様子に、弱い者たちの集団を見ている。それはお互いに弱い者として慰めあい励ましあう人々であるが、寄りあうことでつよい力を得ようという集団である。が、そうであっても、風に吹かれて寄りあう落ち葉が胸を衝くのである。愛とはなにか。

重い障害をもつが、いや、もつからこそ少しでもより高い教育を受けさせてやりたい。「高等部」がどういう学園のそれであるかを私は知らないが、わが子は「合格」したのだ。通知を手に、これは初めての母への贈物だと思う。が、その日から息子は高熱にくるしむ。

襟元にかすかに吹く香水は、ここでは身だしなみ、おしゃれというよりも、病める子に、お母さんであることを知ってほしいからなのである。「流れゆく」の歌は先の「吹かれゆく落ち葉」とおなじ心境のもの。そして「友の子」三首となる。

実は私は、この文章を書きながらどうしても気になることがあって川住さんに尋ねたところ、川住さんのご次男は四十代に入ったがなお臥したまま日々の生を遂げつづけているということであった。生れながら障害をもつ子どもたちが早くに亡くなるという現実が切なくて、「友の子」という歌を詠んだというのであった。その「友の子」の帰天の場で川住さんは頬を流れるひとすじの涙を「光」と見た。信仰者の川住さんは、命を与えまた奪う「神」に一瞬、怯えるのだが、子らは神の祝福を享けて天に帰るのである。

川住さんの生い立ちや閲歴については、私は全くと言ってよいほど知らない。幾つかの歌のなかにわずかな片鱗を窺い知るのみである。Ⅲ懐かしむ　に「クラス会」という小題で

このひととき一つになりて語り合うなべてなつかし青空教室を
各々の生活を負うこの友ら思い出の糸たぐり寄せ合う

声すらも掛けえぬままに過ぎし日を懐かしみつつ杯交わす
学び舎の友と集えば懐かしの庄内弁に心ぬくもる

前二首は「青森県黒石市中学校」、後二首は「山形県立鶴岡南高校」の注を付したなかの歌。また、Ⅱ平和への祈り　には「戦後」の小題で次のような歌を見る。

十五歳で家長を意識せる兄か僅かなる斜面を耕しし戦後なりき
ヤミ米をマントの中に隠し持ち少年の兄は運び来たりし
着物売る母のリヤカーに乗せられて日照りの畑中をゆられてゆきし
八の字の髭を蓄え復員せし父に大きく畏れを抱きし
真夜中にとび起きて又眠るいくたびぞ戦争の傷痕にうなされて父は

これらの歌から、川住さんは戦中に東北（山形市）に生れ育ったこと、父は戦場からの帰還兵であったこと、一家を支えようという意志のつよい兄のいたこと、ヤミ米を買い、着物を売っての生活であったことなどが知られる。青空教室（山形大学附属小学校）で学び、高校は県立鶴岡南高校（庄内）であったこと、さらには

学生が一つになりて参加せし安保闘争の時代懐かし
いささかのてらいを持ちて裸婦描くその思い出は若き日のしるし

これらには「美大」の注があって、高校卒業後、美術大学で学んだことが想像されるのである。

この間、川住さんは戦争と平和、強者と弱者といった問題に徐々にその関心を深めていったのではなかろうか。結婚し、待ちに待った出産は障害をもった

子どもとの苦悩の日々につながる。戦争と平和、強者と弱者の意識は、障害児（障害者）をとりまく現実の壁が、想像を越える厚さで立ちはだかっていることを知ってゆく。川住さんの心に火がつく。

一筆を見知らぬ人に求めつつ平和願いて駅頭にたつ
あるときは励まされうれしくあるときは老人の戯言《たわごと》と罵られもする
支那事変の古き映像にもしやもしやと亡き父の姿重ねてみる
何ゆえにわれの先立つ九条の会生きる尊さは吾子より学ぶ
厚顔にも原発は安全と外つ国に売り歩く男恥じらいもなく
何をして何を残さんかわが人生深く祈りて神に問うなり
悲しみの区切りとしたしと祈れども応える声の未だ届かず
日本の玄関東京駅にある小さき一つの障害者待合室
強者のみ生き残りゆく東京か福祉の貧しさまざまざとみる

東京都小金井九条の会、なぜ自分はその先頭に立つのかと川住さんは自問する。生きる尊さを障害児であったわが子から学んだからだ、これがその答えである。だから「憲法九条を守りましょう」という署名運動に、励まされ罵られつつも駅頭に立つのである。大震災によって大災害の因《もと》となった原発を、安全を説きながら外国に売り歩くこの国の政治家の厚顔さを指弾する。また、強者優遇の政策を憤る。

右の中に、「何をして何を残さんか」と神に問う歌がある。また、祈っても応える声はまだまだ届かないと悲しむ歌もある。誠実な心の葛藤である。

ここに至って私は『こころの抽斗』の巻頭歌「葛藤」に注目するのである。六首を抜く。

いささかの心の迷い託さんか白き紙　枝に結ばれ並ぶ

雑草のはびこる庭に哀しみを一つ捨てんとわれは摘みゆく
心に絶えざる苦あり声高に笑える今を愛《かな》しくおもう
忘却という心の襞に哀しみは畳みてしまわん取り出すまでを
幸せは砂城のごとく崩れゆくか神は在《いま》すかこのわが心に
走り来る波の調べにわが葛藤載せて返さんあの沖合いに

これらが作られた時期はわからない。障害児であるわが子との日々の間に詠まれたものか、福祉や平和運動のなかでのものか。あるとき一気に詠まれたのか、そのときどきの歌をまとめて巻頭に置いたのか、それも不明である。ただ言えることは、行動者であり信仰者である川住さんは折にふれては立ちどまって「これでよいのだろうか」と神に尋ねるのである。それを「葛藤」と題して歌集の巻頭に置いた。

葛藤があって歌は生れる。率直に言って、川住さんの歌のすべてが葛藤を経た歌ではない。社会や時事を詠うとき最も難しいのがこの問題である。もどかしい思いにさせられる〝葛藤以前〟の歌が少なからずあることを言っておかねばならない。これからの川住さんの課題だと思うからである。

とまれ、川住さんの第二歌集『こころの抽斗』を祝福しよう。そして、もう一度言う。

葛藤は歌の母である。

ご次男の日々の平穏を心から祈ってペンを置く。

二〇一四（平成二六）年七月一日

あとがき

昭和六十三年に第一歌集『流れゆく日々に』を出版して以来、手許にある短歌約一六〇〇首をこころの抽斗に大切に仕舞い込んでおりましたが、そのうちの四〇〇首余りを関係別に整理しました。人生は実に短いものだと痛感する年齢になり、この世での、ささやかな私のしるしになれば幸いと考えます。

私が歌をつくるきっかけは第一回ヨーロッパ短歌の旅（窪田章一郎先生）に参加したことに因ります。当寺、東北に住み結城哀草果の門下生で短歌を詠んでいた母（木村富子）のお供をしたことが、後に私を短歌の道に導いてくれました。

ヨーロッパ旅行後、幾度か、共に旅行した人たちが集まり、その思い出を懐かしむ為に幾つかの企画がありました。そうこうしているうちに第二子が医療ミスで障害児になり、その過程とわが子の成長を記そうと短歌を選びました。

そのころ、障害児を歌に詠み世間に出版する勇気ある親はいませんでした。『流れ行く日々に』は講談社の雑誌「女性セブン」に転載され、一年後読者から感動した記事にノミネートされ再度転載されました。当時私の苦しみを知った亡き中西悟堂氏は「何事にも勝つ」と励ましのお言葉をかけて下さいました。

福祉という言葉さえ未だ一般化されない世の中で、小金井市の労働組合に「福祉とはなにか」という題で講演を依頼されたり、無我夢中で福祉政策を上からの目線でなく必要としている者の声をあげることの大切さを学び実行してきました。

今の障害者の親子さんは、私たちが敷いた路線を当然あるものだと歩んでいます。それでよいのですが、先人は毎日が運動の連続でした。

その後、受洗した私は、信者として「平和を愛する人は幸いである。その人は神の子と呼ばれる。（マタイ五章九節）」の言葉を胸に刻み、九年前に9条の会・小金井を立ち上げようと、東京学芸大名誉教授飯高京子氏、詩人会議の青井耿子さんと各地を訪ねました。その他、9条の会の立ち上げには、様々な民主団体も積極的に参加し成立の準備をしました。

「憲法9条を変えさせてはいけない」「憲法9条を世界に輝かそう」と当日の壇上より憲法学者の千葉真氏、ペンクラブの小中陽太郎氏、キリスト者平和ネットの方々が声高く呼びかけられました。

小金井公会堂に集まった七〇〇名程の観衆は聴き入り、その会場で「9条の会・こがねい」が結成されました。

田光信幸司祭のご好意により小金井聖公会に「9条の会・こがねい」の事務局を置くことが出来ました。

平和を愛し、最も小さい人への働きは私に与えられた神様からの賜物と思います。そして、障害者運動から憲法9条を守る運動へと突き進みました。

今の社会にその運動はますます必要性を高めています。

関係した主な福祉運動はピノキオ幼児園、全員就学運動、小金井養護学校建設運動、学童保育、オモチャライブラリー・子供相談室設立、育ち園設立、桜町病院内に障害児の施設、障害者センター建設の素案、障害者問題研究の集い、ひまわり号の企画等々です。

窪田章一郎先生の後を継いでまひる野の会員の指導にあたられて居られる橋本喜典先生はお忙しい御身の上に御体が優れないのにもかかわらず、原稿にお目を通していただきたいという勝手な願いを聞き入れて頂き、細やかなご指導を下さいましたことを心から感謝申し上げます。その上身に余る懇切なお言葉を頂きうれしく思います。上梓に際し「まひる野叢書第三二一篇」に加えて頂きありがとうございます。出版にあたり「まひる野東京歌会」の方々にも支えていただきましたことを感謝しております。

最後に出版社現代短歌社の道具武志様、社員の方々にも心より御礼申し上げます。

二〇一四年七月八日

川住素子

まひる野叢書第321篇

歌集 こころの抽斗

平成26年９月26日　発行

著　者　川　住　素　子

〒184-0013 東京都小金井市前原町5-1-41

発行人　道　具　武　志

印　刷　㈱キャップス

発行所　**現 代 短 歌 社**

〒113-0033 東京都文京区本郷1-35-26
振替口座　00160-5-290969
電　　話　03（5804）7100

定価2500円（本体2315円＋税）
ISBN978-4-86534-045-7 C0092 ￥2315E